¡Voluntario Bruno,
a vuestro servicio!

Tengo suerte de poder contaros mi historia.
Hubiera podido ser distinto si yo
no hubiera tenido el relleno apropiado.

OsO

McGARRA EL RÁPIDO

OSO LOCO

UN OSO BUENO

Ted Dewan

SIR CORAZÓN DE OSO

editorial juventud

Barcelona

Hace años, yo era un voluntario que servía en la Patrulla de los Osos. Entonces, tuvimos un problema con un muchacho llamado Damián.

Oso tras oso fueron enviados a casa de Damián con una misión especial: convertirse en *su* oso.

Pero ni los más fuertes ni los más resistentes
lograron conquistar el corazón de Damián.
Damián los destrozaba todos.
No tenían el relleno apropiado . . .

Y la Patrulla
de los Osos
se quedó
sin héroes.

Una mañana, el capitán nos dijo:
"Estoy seguro de que todos
sabéis lo que pasa con Damián.
Nuestros mejores osos
han fracasado en el intento
de convertirse en *su* oso."

Por eso, ahora necesito un oso
especial; necesito un oso
con el relleno apropiado.
¿Algún voluntario?

Me quedé pensando un rato. Después dije:
"Sí, señor . . . Soy su oso."
"Bruno —contestó el capitán—,
eres un oso bueno y valiente."

Al día siguiente, al amanecer,
el capitán me dijo:
"Buena suerte, Bruno.
Velaremos por ti."
"Gracias, señor", dije.

Y me alejé
del cuartel de la
Patrulla de los Osos.
Ya nunca regresé.

Cuando aterricé
en casa de Damián,
éste me recogió del suelo
y me miró a los ojos.

Por un momento pensé
que todo iría bien.

Pero las cosas pronto se torcieron.

Y después se pusieron
violentas.

Pero no lloré.
No protesté.

Le miré a los ojos
y le dije . . .

"No me arranques los brazos . . .

Necesito los brazos para abrazarte.
Si me los arrancas,
¿cómo voy a abrazarte por la noche
para ahuyentar tus pesadillas?"

Damián se detuvo.

Y así viví para ver un nuevo día.

Al día siguiente, estábamos jugando
a un juego, y mi relleno se desparramó.

Pero no lloré.
No protesté.

Le miré a los ojos y le dije:
"Por favor, no me saques el relleno.
Necesito mi relleno para quererte
con todo mi corazón. Sin él, ¿cómo
podré quererte cuando estés triste?"

Me puso parches
en la barriga . . .

y jugamos
a un juego diferente . . .

Y así viví para ver un nuevo día.

Al tercer día,
subimos a un árbol.
Pero Damián me dejó
allí hasta la hora de acostarse.

Le miré a través
de la ventana
y le dije:

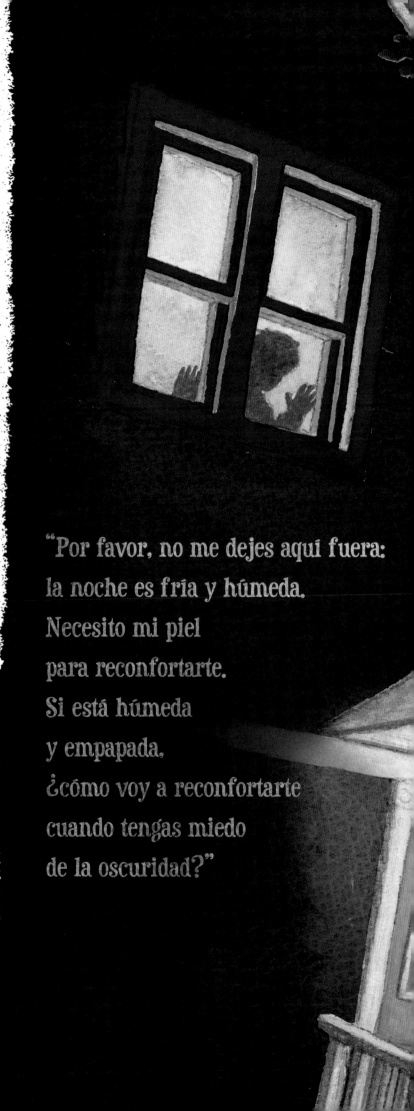

"Por favor, no me dejes aquí fuera:
la noche es fría y húmeda.
Necesito mi piel
para reconfortarte.
Si está húmeda
y empapada,
¿cómo voy a reconfortarte
cuando tengas miedo
de la oscuridad?"

Entonces,
vino a rescatarme . . .

y me secó . . .

y seguimos
compartiendo el día.

Y al día siguiente . . .

estaba claro . . .

que algo había cambiado . . .

y que yo me había
convertido . . .

en el oso de Damián.

Resultó que yo tenía
el relleno apropiado.

Pasó el tiempo, y un día caí
debajo de la cama. Esperé allí
todo el día y toda la noche
que Damián me encontrara.

Esperé todo el día siguiente.
Y me quedé allí durante meses,
durante años.
Esperando.

Entonces, una noche de tormenta,
alguien entró corriendo
en el dormitorio,
abrió armarios y cajones
y miró debajo de la cama,
donde por fin me encontró.

Me recogió del suelo, me quitó
el polvo, me miró a los ojos
y sonrió.

Era Damián, ya mayor, vestido
con un uniforme de socorrista.
Me necesitaba para que le acompañara
a cumplir la misión más difícil de todas.
Y me despedí de él para siempre.

No lloré.
No protesté.
Porque después de todos esos años,
esa noche supe por fin con certeza . . .

que Damián también
tenía el relleno apropiado.

Para Pandora,
la más fantástica de
las aventuras.

Para Heather,
por compartir
el sueño.

Y para Joel,
por su
valentía.

Unas gracias especiales a los niños que contribuyeron con sus dibujos:

Keno Burckhardt, Pandora Dewan, Alfie Haddon, Greg Holyoke, Clara Osmond Kantor,

Julia Monteiro, Laurence Mounce, Arthur Potts, Georgia Richardson, Jamie Selway, Leo Selway,

Patrick Selway, Theo Tarrega, Desi Tomaselli, Bryony Williams, Haley Wood.

Título original: ONE TRUE BEAR
© Texto e ilustraciones: Ted Dewan
Publicado originalmente en 2009 por Orchard Books, una división
de Hachette Children's Books, del grupo Hachette UK

© EDITORIAL JUVENTUD, S. A., 2009
Provença, 101 - 08029 Barcelona
info@editorialjuventud.es
www.editorialjuventud.es

Traducción de Teresa Farran
Primera edición, 2009
Depósito legal: B. 3.617-2009
ISBN 978-84-261-3727-2
Núm. de edición de E. J.: 13.032

Printed in China